蜂抚百花，蜜酿一滴。
蝶舞咫境，缤纷世界。
在文学的小路上学步，
转眼已达五旬光景。
值本书出版之际，
谨向过往时光里，
关爱和帮扶过我的
所有师友致谢！致敬！

山是青青花是红

张庆和／著

民主与建设出版社
·北京·

山是青青花是红

第一辑·浪花朵朵

第二辑·稚音喃喃

第四辑·情思绵绵

第一辑·浪花朵朵

八达岭长城写意

一种提醒记忆的构思

呼啦啦似雁阵腾空

——大手笔泼洒的大写意

大气魄布设的大阵势

肆意地巍峨

骄傲地峻拔

直至自豪站上城头

伫作天地间一簇风景

雪花在心的原野上飘舞

灵魂被一片洁白覆盖

情结让冲动的旋风裹挟

景仰在心头成为气候

脆弱与狭隘被迫遁去

颓废和沮丧也远避他方

惟飞响的箭镞

一支支钉进"好汉坡"的砖石

春 潮

以涌动的　不可阻挡的态势

次第而来

从容不迫　有条不紊

很有节奏地踏着日子

这是造物主的设置与安排

慢了不行　快了也不成

没有谁　愿意

再为那些违背法则的

人造景观　埋单

以拂动的姿态

把心愿寄托柳丝

在蓝天上　在月光下

袅袅　无数个梦呓

抚摩　或者赠送

想你　爱你　盼你

真诚而心情迫切的人

气韵也很生动

有踪　有影

一曲声声慢

告诉绵绵小雨

告诉潺湲小溪

还有刚刚回归的紫燕

这里很温暖　这里

新鲜且芳香　一旦错过

遗憾便乘虚而入

将　一路陪伴

无论诱惑　还是蛊惑

都有一种强劲的力量

驱动　目光

一次次　在那里搁浅

甚至　无法拒绝

那簇拥而来的浩荡

纵容心头

一枝擎举梦的红杏

悄悄　伸出墙外

倒影与移位

记忆是一种物质

是生命的客观存在

如同映在水中的影子

冥冥中走来的跋涉者

正踮起脚尖

与发芽的事物比试高矮

云　一群没有故乡

没有居所的流浪者

误入幽黑的巷道

也无可奈何

忘不了

曾经高举爱的火把

走进了一片心的寒夜

生命被照亮了

追求被点燃了

炽热的青春

无休无止地盅惑蓬勃

战胜了傲慢

征服了自尊

伟大的胜利者

终于俘虏了

又一批灵魂

平常心不会制造风景

也不能吹动心湖荡漾

如果有一条年轻的河流

但愿按自己的道路流淌

爱情从来没有圆满

每章每节都写着遗憾

日子　如叶
正从时间的高树上
枯萎　飘落
一片　又一片
往事被风吹得旋转
忧伤且莫蛀空了情感
还肯挎上　那只
割过牛草的小篮子吗
去梦中　去远山
去拣拾那些遗落的碎片

风 景

曲径通幽是一种境界

爱　是漫步的风景

天灵地光都很吝啬

目光们反倒热情

这里的风景不肯定格

酝酿芬芳是花们的习性

风们偶尔也轻抚歌弦

枝叶们随之亦弄弄身影

这里的荫暗盛长故事

这里的火热冶炼炽诚

小路布满了潜伏的心绪

一处崎岖
一张拉开的弓

寡妇嫂

一条断损的命运之链

你握了又握，攥了又攥

寒风

常念叨那个悲泣的日子

——三年前

丈夫年轻的生命

被一声意外的爆炸掠走了

从此

你总不忘荒芜的采石场

你总爱呼唤那座大山

刚出生的儿子不知道流泪

眼泪都被你一个人承包了

同时　也承包了人生的重负和苦难

夜的孤寂纠缠着你

一双双彩蝶在梦乡翩翩

有人向你求婚

图你貌美心善

有人劝你再嫁

是个经理，还腰缠万贯

然而你

却总说离不开那座大山

终于，一个明朗的艳阳天

山外走来一个后生

真心来驱赶荒芜和贫穷

甩满身大汗

铺盖卷裹着他美好的理想

说是要继承一个人的心愿

寡妇嫂失眠了

目光，总是在采石场搁浅

你欣喜丈夫栽植的日子

被他侍弄得又香又甜……

关于"五四"

一拎起这个日子

话题就沉甸甸的重

因为　在那个日子里

从一群铁骨铮铮的青年人身上

激荡　冲撞出一种精神

巍峨得山一样高大

并且　在以后的日子里

又激励许许多多后来的人

凭着一身血性

不停地开采这山的石头

——用来筑"长城"

或者垒地基

直至铺设成一条条大道

让再后来的人　走得平坦

话到这里　怎能不沉重呢

谁都不会忘记

是那个烈火般燃烧的日子

冶炼出了

能打制斧头和镰刀的材料

因而　工友和农友们

才拥有了砸碎锁链　和

收获胜利的工具

其实　关于这个日子

话题也很轻松

它在一群小树的耳边拴不住

它在一群小鸟的嘴上挂不住

认为那都是很多年以前的故事

早该退休了

然而　那个日子里的灵魂们

并不抱怨这些说法

因为　当初他们所期望的
正是这样——
只要天上的生灵们自由飞翔
只要地下的绿叶们葱茏茂密
作为一滴血　自己
本来就是一种点缀

黄昏时刻

昼与夜露出一条夹缝

金色的海趁机涨潮

抑或看作是一棵树　一棵

与黎明等高的树

正翁郁岸边

区别　仅仅在于

一片成熟的叶子

或一柄清澈的嫩蕊

树上　悬挂着

熟透的诺言　和

约会的果实　仿佛

只要　肯伸出手臂

就尝到了可口的香甜
不　不
那只是一片温润的浴场
在洗涤莫名的心绪

挤　车

你挨着我

我傍着你

感觉着相互心跳

触摸着彼此气息

无论公交还是地铁

人和人　就是这么拥挤

不打听来自何方

不询问要去哪里

月亮挤瘦了又胖

太阳挤高了又低

挤走了汗水再挤风霜

春夏秋冬日复一日

就这样

粗俗被越挤越矮

文明在拥挤中站立

烦恼挤出了车外

陌生挤成了友谊

挤是咱上班族的课程

挤是咱老百姓的专利

拥挤中　人生

也被挤得结结实实

纪念碑

一座用血汗和白骨

浇铸的气象仪

架设在天安门广场

测云测雾，测风测雨

测量中国气象

它提醒鲜花，它嘱告啼鸟

大风里预报败叶的去向

一旦中国的温度发烧发烫

水银柱就会立即膨胀

——纪念碑

一座文明之星的发射台

一根支撑蹒跚历史的拐杖

开垦石头

一块普普通通的石头

一部人类历史的序言

一篇缜密的哲学著作

一段流传千古而不知疲倦的神话

石头是大山的儿子

它以路障

藐视自大，鄙视渺小

并庄严地宣告自己的巍峨

石头是大山的汗珠

它以光洁

光耀祖宗，证实崛起

也陈述着自己不凡的经历

所以石头才顽强而冷峻

以拒绝击打的响亮维护尊严

以不肯释解的吝啬回答贪婪

它奉送不尽的高耸与整洁

还有那许多，盛长在黄土地上的

石头之歌，石头之画

石头之舞

以及芬芳石花吐露的景仰

热爱石头吧

它是火，因热诚而燃烧

它是海，缘激情而澎湃

认真地开垦石头吧

即使高飞的雄鹰

也离不开由它铺拓的坚实

蓝天上，飘过一朵朵白云

——致奔赴抗击新冠肺炎前线的白衣天使们

生命重于泰山

疫情就是命令

来不及告别亲人

顾不得三思后行

背负阳光的嘱托

怀揣山川的叮咛

情系武汉

奔向疫区

我们的白衣天使出发了

携着蓝天的白云

步履匆匆

疫区就是战场

那里正白刃格斗

杀喊声声

用担当捕捉恶魔

以生命挽救生命

一双双泪眼想望远方

生的渴求在呼唤援兵

来了　来了

我们的白衣天使

一群敢于亮剑的英雄

疫区就是前线

是战士就敢于冲锋

那里有白求恩施救的劳苦

那里有雷锋穿梭的身影

医生：用意志砌筑高墙

护士：以爱心打制铁笼

捉拿毒魔

掐死不幸

还武汉一个安好

还疫区一片晴空

劳动者

曾经

我们抡起铁锤

哐当当　猛砸

砸掉路障

砸烂枷锁

溅起满天朝霞

砸碎沉沉黑夜

而今

我们挥舞镰刀

嚓嚓嚓　收割

收割风霜雪雨

收割繁星朗月

也割除良田沃野中
那些恶草毒棵

嗨呦
我们劳动者
土色的肌肤
钢铁的性格
以温柔抚慰鲜花
以彪悍擎举巍峨
身影在霞光里穿梭

老　子

老子没有老

是一个水字

滋润他

鲜活了两千多年

老子不会老

地球上只要有水

他就会继续鲜活下去

所以　敬重老子

就要敬重水　敬重

每一滴微小的水

只有把每滴水的事情做好了

天下的水　　浩荡的水

流韵潺潺的水

从南方调到北方的水

所有四面八方的水

才会洁净

才会清波潋滟

才有碧水连天

老子的主张

才会　　常亮常鲜

梨园小憩

秋风把梨园洗黄，
采摘的姑娘们小曲悠扬。
该歇憩了，
花褂小辫斜倚着梨筐。

来呀，梨山作隐，
姐妹们趁机捉捉迷藏。
谁知明年的这个时候，
哪位俏姐会变成新娘！

小贫嘴，你甭装相，
昨天，谁偷眼勾住他的脸庞！

一句话，嘀铃铃响，
撞开姑娘诡秘的心窗。

立 春

一个很温暖

很和善的日子

年年如约而至

她醒了

大地就不再贪睡

脚步稍稍挪动

江河就一片响应

叮叮咚咚　一副

唯恐被落下的样子

她走到哪里

哪里就举起葱翠迎接

她停靠哪里

哪里就舞起鲜艳

所以凡是她到过的地方

歌声就满满当当

——春风春雨催春事

花浓花淡香满枝

古韵新词

声声悦耳

梁山好汉

他们来自农民

一群被历史注册的好汉

好汉们选择梁山

是选择一种高度

站在这高度上

俯视天下

什么朝廷皇帝

都渺小得成了小不点

所以　他们才敢于

把骑在人民头上

作威作福的贪官污吏

连同那些欺男霸女

祸害人间的魑魅魍魉

一个个掀翻在地

踩在脚下

踏成肉饼

踩成烂泥

就像大碗喝酒

大块吃肉一样

踩成了心中的畅快淋漓

因而　也便

垫高了好汉们的脚下位置

直至被后来的人

以仰视的姿态　望着

好汉们的壮举

好汉们的结局

历史和现实

都是睁着眼睛看的

看得很清楚

看得很明白

也看透了那个不清不明

徒有其名的宋公明

有什么办法呢

宋公明个头不高

即使踮起脚尖

也望不了多远

加上那个时候

没有李自成

没有洪秀全

也没有马克思主义

和孙中山

传说

宋公明是想为弟兄们

寻找一条"出路"啊

企图

以好汉们的仁义

换取皇帝的"满意"

以好汉们的作用

得到朝廷的"重用"

然而

朝廷却愚弄了他们

皇帝却利用了他们

程序就是

花钱雇个公关小姐

用小姐走通专权的好色之徒

就这样　那些

想在朝廷里弄个一官半职的

想趁机弄点钱花花的

想博取红颜一笑的

都想在了一起

一拍即合啊　他们

拿着好汉们的生命

拿着历史的命运

做了一笔

肮脏的交易

只可惜那些半懵半昧

顶天立地的好汉们呀

在帝王操纵的指挥棒下

冲杀　不顾生死

厮拼　不惜血肉

到头来　却是为自己

挖掘了坟墓

这可是好汉们

为他的子孙后代

预先支付的

一笔昂贵的学费呀

初上梁山

踩着大块光亮的山石

坐在钢钎凿就的石凳上

不知道　当年

那些梁山的好汉们

是否也在这里

走过　坐过

看过　想过

或者说过些什么

路　上

一条路　犹如一条河

车辆　游龙般

来来往往

搅浑了

河里的水

作为一条鱼　我

时时成惊恐

或挣扎状

每挪动一步

都是代价

这一条路

走了多年

熟悉的面孔

熟悉的声音

都盼望

黄昏退潮之后

星星成为亲密的近邻

这不是奢望

我期待

那夜　北京大风

——写在邓小平逝世的日子里

您走的那个夜晚

北京　突然刮起大风

那是天在恸哭

那是地在悲鸣

那是　您匆匆离去时

一种情怀　把千万颗心牵动

——千万个意愿在为您送行

风是一种天意

风是一种感应

知道您一生坎坷

才把您的去路清扫干净

知道您年事已高

才把星月擦拭得锃亮

——为您一路照明

风停了

您去了

那一夜

有无尽惋惜打湿了梦境

有深切怀念沉重了黎明

1997.2.20 北京

那一场雨

风儿似温暖的手

轻抚云的秀发

云感动了

喜悦的泪滴滴答答

一场等待许久的雨

在希望的日子里飘洒

直惹得无数春光

喊喊喳喳——

是时候了

快醒醒吧

该发芽的发芽

想开花的开花

要追梦就甩开矫健的步伐

于是

一粒种子又一粒种子

悄悄出发

一片叶子又一片叶子

一天天长大

一只蜜蜂又一只蜜蜂

忘记了回家

你是……

一个被苦苦寻觅的实体

一个难以相逢的偶像

"我在这里"

"我在那里"

语音

若熟透的苹果悬挂枝上

有人说你流落高脚酒杯

有人说你走进华丽殿堂

偶尔还佩戴时髦服饰

穿过灰雾蒙蒙的小巷

归去了

都说你刚刚归去

马达还隆隆作响

只缘有"哼哈"们放哨

你才成为一个谜语

在小巷悄悄流淌

其实，诗人不过是一棵草

不用播种

不必水浇

其实

诗人不过是一棵草

是生是灭

是枯是荣

全凭自己的那点灵性

捧上草坪的

可享用不尽

遗弃路边的

是自由生命

想踩的　就由他去踩吧

想烧的　就由他去烧吧

应天而来

顺时而去

谁在乎风雨抽打

和　铲刀的血腥

这就是诗人

这就是小草

不管生在田园

还是长在荒郊

吮吸他人丢失的空气

咀嚼剩余的阳光味道

总是

在少有人迹的地方碧绿

用生命的巅峰舞蹈

以卑贱和低微酿制心曲

悄悄地唱给远方的路标

把一个个向往再告诉光盘

任岁月的牙齿

啃食吞咽

或者吐掉

秋 鹎

一个
震撼心灵的音符
拽七彩光束
掠过　梦的原野

那影子烫着我的目光了
那芬芳醉着我的心脾了
那气息拂动我的气息了
那感觉融进我的感觉了
……

等待得太久了
理智忠实地坚守门户

致使观赏

密林风景的脚步

一次次搁浅

那里是一处孤岛吗

那里有一座坟茔吗

幽谷清流

因弹拨　而溅飞星星

（即使陨落眼前

也不会变成石头）

装饰不肯安分的夜晚

梦　在弯曲的小路上碰壁

灵魂躲在角落里痉挛

有一种物质

不停地冲撞

秋风那个吹

云朵们争先恐后地赛跑

落叶追着脚步缠绕

围巾口罩收藏起表情

世界正上演一曲大调

小巷若横吹的短笛悠悠

一个个音符直惹得心跳

咸咸淡淡　　酸酸甜甜

掺合着街头秋的香气

演奏秋的颜色秋的味道

夏的固执很是坚决

呼喊着　　招邀着

一次次闯入秋的怀抱

这一回　秋

自己总算站稳了脚跟

再也不会被风撞倒

山顶神仙

拐杖似的山路

支撑起一座苍老而凝重的大山

终于，大山还是挪动一步

从寂寞的昨日跨入喧闹的今天

——大山抛一条金色飘带

把高炮兵连队挽上山巅

感谢大山这慷慨的抬举

我们成了山顶神仙

——列阵，身边有云雾检阅

出征，日月像风火轮载我们飞旋

星星果真是亲密伙伴了

哨位上，常贴着我们的耳朵

问候早晨好　或

祝福晚安

我们把美好的祝愿悄悄传递

——传递给遥远的城镇、乡间

当然，也不能忘记我们的父母

他们

望远方，嘱星云

无时不在把山顶儿子惦念

哦，山路

啊，大山

有了你，我们才站上这高处

看得清晰，望得遥远

哨卡葬礼

凋谢了

一朵娇美的花

谁不知道

她和排长是青梅竹马

她的死，是由于

一个婴儿的生命

在她身上挣扎

可排长没能为她送葬

是高原雪

截断了焦急的电报密码

终于，积雪开始融化

那一天，哨卡的雨

来得很急

下得很大……

十五的月光

十五的月光是清醇佳酿
——山醉水醉花醉柳醉
一片娇美都跌进醉乡
唯独不醉的是哨所的战士
以及　沉默的子弹和钢枪

是的，哨兵醒着
护山护水护花护柳
也护卫，被思念撑得
圆鼓鼓的月亮
——思念家乡芬芳的玫瑰
思念月下蹒跚的拐杖
也等待黑暗处阴险的豺狼

狂嚎着垂涎着，那些豺狼

妄图一口吞尽这玉液琼浆

妄图独占着地色天香

都道莹洁的月光轻柔如丝

落在哨兵肩头

却是千斤重量

世幻曲

桀骜的风失眠一夜
直到折腾出一轮太阳

太阳为大厦描绘壮观
同时为大厦也制造阴影
喜欢阴影，因为夏天太短
厌恶阴影，因为冬天太长
白昼是脸庞　黑夜是头发
头颅，像丰实的地球一样复杂

放心地去开采吧

挥动沉重的镰刀斧头

操纵轰鸣的现代马达

建设与破坏，创造与扼杀

经常被同时端上餐桌

02

嫩花翠叶是幼稚的纯洁

惊雷闪电里有伟大的创造

红叶不一定是成熟的思考

喷香的雪花是正宗味道

一部辩证法正演绎无穷奥妙

相信是这样

不相信也是这样

春夏秋冬是四轮马车

日月星辰是满枝鲜桃

似乎人人都学会了适应

登上高山，不趾高气扬

跌进深坳，不自弃自暴

正史，野史

就像一块柔软的面团

常常被捏成各种面貌

不会有第二度青春的

第二度青春马上就到

叶片在翠枝上争论不休

小巷里却唱着

"我不知道……"

03

聪明人讲：人生难得一糊涂

糊涂人说：人生难得一明白

人世间对立实在太多

比如墙壁

有人说它太厚，有人说它太薄

有人说它太低，有人说它太高

黑夜降临了

各种灵光便蜂拥雀跃

或曰执行落日的遗嘱

或曰自己是灵光照耀

……

既然

人世间不存在绝对完美

何必再等待什么呢

上路吧

让足音融入鲜亮的清晨

沿途

最好能亲手植下一株艳丽

送人间一缕馥郁芬芳

受阅，女兵方队

她们，十七八岁的女兵
在家，还都孩子般任性
这庄严的阅兵行列里
一个个
却忠实地信奉军令的神圣

立正
多像顶天立地的男子汉
步韵铿锵，阵容磅礴
谁还说
这是一群娇柔的女性
这可不是摆弄魔方
组合这绿色

要出力，流汗

一个动作

要千回百遍不停地折腾

不过，队列里

可没人好意思说

腰酸腿痛

来了

走过来了——

一块优质的合金钢

一丛蓬勃的常青松

当爆过那一串撼天的响雷

远去了，她们

向着又一个美好的憧憬

望 月

撩去浴纱的新娘
于宝蓝色背景下
留一幅裸照
悬挂在仰视的位置
蛊惑遐想

是那个千古约会的冷客吗
是那个踽踽独行的孤者吗
那垂钓乡情的银缕呢
那虐待相思的怅惘呢
这宇宙之吻留下的印痕呵
这沉梦出走的穴口呵
谁肯冷落醉心的金樽

谁会漠视召邀的铜号

地球被弄得太脏了
莹洁的秋月
才一下子黏住这多目光

伟大的日子

历史是一位母亲

她生下的孩子

都取名叫日子

日子们

大都很普通　很平常

有的却也很伟大　很难忘

比如

一九四九年十月一日

这一天

雄伟的天安门城楼

站上一群魁梧的人

从此　中国

就真的达到了一种高度

一种让历史学家们思索的高度

一种让后来人努力攀登的高度

一种让世界惊奇和仰视的高度

一种　连我们的敌人

也不敢小瞧的高度

其实

那些早年站在天安门上的人们

早就想好了

这高度并不算高

它只是巍峨大厦的一个台阶

它只是万里长征的一寸小步

以后的路　还长着呢

——要经历无数风霜

要穿越漫漫迷雾

要走过雷电交加的雨夜

要遭遇魑魅魍魉的拦截

路上　还会有人跌倒

还会有人掉队

还会有人　觉得很苦很累

就趴下来　不肯再行走了

但　队伍

却依然浩浩荡荡　蓬蓬勃勃

因为

这伟大的日子是一个支点

它支起的

只能是伟岸与崇高

位　置

身在高处的人
往下看
树木变成了荆丛
小草模糊不清
至于陪伴童年的蚂蚁
更是不知所在

人就是这样
高度随时会颠覆记忆
救治的方法　就是
从高处走下来
（不是摔下来）
看看树木有无虫害

听听草们有何诉求

顺便也瞧瞧那些蚂蚁

正忙些什么

我发现

太阳走了，

抛下一个黑色的夜空。

望着头顶的星星月亮，

突然，我发现：

它们变成了陷阱！

春风来了，

直吹得四野蝶舞蜂鸣。

哑着遍地花红柳绿，

我发现：

美艳芬芳里藏着毒虫。

洞门开了，

走出一串释放的精灵。

聆听着一声声凄伤哀怨，

我又发现：

人世间，很难分辨，

谁是鬼魅，

谁是神灵。

我们厂的年轻人

笑

犹如随手摇晃的铃铛

歌

像潺潺小溪不停地流淌

蹦蹦跳跳，吵吵嚷嚷

在车间，在食堂

在一个个偏僻幽静的梦乡

如果不是这样

那满腹的牢骚和惆怅

那满怀的心绪和迷茫

就会裸着身子跳出来

和谁"理论"一场

我们厂的年轻人

就是这样

有时认认真真一本正经

有时随随便便吊儿郎当

心与心谁也不用设防

面对书记，他们

能一连串掏出十万个为什么

跳舞场里，他们

敢把舞步生硬的厂长冷在一旁

就连车间的"满负荷工作"

也无法使他们歌声喑哑

更不能捆住多思的翅膀

难怪那些抖着枯叶的老树们

发议论了

——我们那个时候

　　可不是这样

　　不能这样

　　也不敢这样……

我是雨滴

我是雨滴，

晶莹，透明。

我挣脱了轻浮的云，

闪闪电光中离开太空。

一片纤细的草叶，

就可以做我欢跳的舞厅。

我不羡慕华丽的圣殿，

更不愿和谁比试玲珑。

我只祈望——

淙淙小溪理解我的真情歌唱，

浩瀚大海对我的歌唱有回声。

奔腾的江河融进我的追求，

无畏的瀑布里有我的身影。

我从未幻想过阳光明媚，

也不肯流落死寂的污坑。

我只想——

和千万同伴紧挽手臂，

组成一支坚强的队伍，

荡涤污浊，荡涤不平……

此刻，我不再是柔弱的形象，

我是电闪，我是雷鸣！

我这样感觉

只要走上街巷

后背

难免要落满

编来织去的各种目光

躲是躲不开的

世俗是一张网

索性把这网当作锦缎

荣耀地披在自己身上

然后　响亮地走出

圆规圈定的那个范围

潇洒地走向辉煌的夕阳

不用问叶片们是羞辱还是祝福

不计较鸟儿们是诅咒还是歌唱

无题诗七首

其一

有一颗心

总爱承包你的身影

灵魂也常做裸奔的梦

斜阳下

小鸟于浓林中飞来钻去

不倦地为枯萎大唱挽歌

面对高高耸立的峰峦

曾经有过勇敢的攀登

绝顶上山寺僧人众多

一个个

十分虔诚地朝拜佛像

木鱼声声

又一个祈祷的日子

踏进门槛

其二

理智忠实地把守门户

钥匙不敢接近锁孔

信仰走入庙堂还不是时机

无奈便成为一种格言

在幽秘的小巷悄悄流窜

野荆榛聪慧起来

在枝桠摇曳鲜亮斑斓

一个不肯生长童话的地方

绿化树铺天盖地

是谁的家园

其三

太阳跌进玫瑰谷

小鸟唱悦耳的挽歌

牧羊鞭甩出一路缤纷

荡漾的风

激动地诱惑啤酒泡沫

时间仿佛凝固

又似在重复陌生的话题

小船不曾乞求港湾

飘摇仅仅是一种过程

其四

掘开厚厚的土层

穿越排列整齐的石墙

朝着地心深处

贪婪地吮取　一种

滋补灵魂的力量

藤　　忠实地依偎峭壁

星　　自远古飞来相撞

一朵朵微笑是明亮的花

此刻　　都顾不得开放

只有风　　格外匆忙

踏着月亮蛐蛐的议论

走向远方

其五

晚霞灿烂地开放过后

星星把静寂投放郊野

人们挣不脱夜的魔力

纷纷品尝潇洒的滋味

一场游戏滑稽地开幕

进攻和防守演主要角色

目光侦探般四处搜寻

胜负从来没有结局

不知道是醉是诗还是梦
幻像呈一幅美丽画图
时间如射出的子弹拒绝挽留
启明星似巫婆念夜的咒语

其六

霓虹灯伸展出多情的手臂
西北风正演奏狂欢的舞曲
世界在翻天覆地的旋转
孩子们口含欢快的柳笛
和谐有摇篮也有墓地
云　怎能没有泪滴

其七

抗拒是投掷的暗示

挣扎是释放的诱惑
生命的果实已经成熟
谁摘到就是谁的收获

以马拉松的耐力
以百米冲刺的速度
任何一种方式
都是奉献

你情愿走进夕阳吗
此刻天才正午
那朵云彩是否下雨
谁还在意运气的馈赠

西柏坡话题

那时候

卯足了劲的革命

告别了延安的窑洞

没有直接走进大城市

在风风雨雨的道路上

拐过了几个弯

来到　这个小山村的

一所小房子里

很利索地　做成了几件大事

然后　又瞅了瞅闯王李自成

曾经走过的那段路程

没顾得喘口气

没顾得歇歇脚

经过了一番酝酿

一个很有分量的话题

两个"务必"

就在这里诞生了

这话题像空气阳光

把人们的意识

沐浴得洁净

这话题如清泉碧水

把人们的心灵

滋润得鲜亮

这话题就像一座巍峨的山啊

沉重地压在了革命的肩上

让负重的革命每走一步

都踩出深深的脚窝

这话题很有力量

人们念叨着它

把一个旧社会掀翻

把一个新世界搬来

而后　又把民主扶正

把自由举起

把幸福和欢乐摊满天下

直到　让一个强大的中国

缓缓挺立　慢慢站直

站成人类和平的中流砥柱

这话题常说常新

它总是提醒进了城的革命

自己是靠南瓜汤和小米粥

喂养着长大　长壮的

所以　那时候和这时候

革命　都不会

应该永远不会

忘记那些种南瓜　和

在谷地里锄禾的父老乡亲

因而　这话题

就成了燃烧的火炬

一直照耀着　走向

那片田野的道路

西柏坡也就成了精神富矿

成了健康心灵的资源

成了千万人的一种向往

挖掘　开采　收获

并且把这收获

提炼成一种使命和责任

背起它　走进

种南瓜和锄谷地的普通人中

做汗滴禾下土的平凡事情

西部话题

1

西部　的确有一种高度

望它　必须以仰视的姿态

这时候　能看到的

不仅是黄河之水天上来

不仅是吐鲁番的葡萄熟了

还有那一双双　渴望

驱逐贫困与荒凉

期待开发的眼睛

射出的光芒

因此　去西部

要揣上一颗虔诚的心

要舍得使用攀登的气力

2

西部的风度很迷人

它是中国版图上的美男子

那里　有端坐山顶的黄帝陵

有雄风犹存的兵马俑

有深不可测的莫高窟

有会讲故事的长城源

那里　诞生过

醉卧沙场君莫笑的诗人

涌现过叱咤神州的精英

上帝钟情西部啊

把一座座等待挖掘的博物珍馆

藏在了那里

把一片片等待燃烧的智慧火焰

蓄在了那里

西部美好地敞开了情怀

随时接纳开发者的身影——

来　开发一个又一个

崭新的意念和气象

但　西部拒绝虚伪

西部拒绝贪婪

拒绝　玩弄任何魔法的鬼魅

3

西部人的梦想是西部风景

西部人能够驾驭西部风云

那里的心胸比大草原辽阔

那里的意志比昆仑山坚定

在那里

一山一水都卯足了劲

一草一木都蓄满了情

只要春的使者叩响门扉

西部　就会耸起

一片又一片盛长的森林

西部的话题比黄河宽
西部的话题比长江长
西部还有一座高高的雪山
任何发热发烧的头脑
到那里都能够冷静下来

乡村月下

跨越阳光堆积的路障

走近你

感觉　抑或接受抚摩

正认真过滤心情

凝视　两支

曳光的箭镞飞向对方

一道如炬

一道如水

水与火

被调解成另外一种和谐

被温与柔围剿

让皎与洁袭扰

当所有的抗拒精疲力竭

便有敬献的花香飘来

便有祝福的歌声飘来

"莫斯科郊外的晚上"

怎比这乡村月光

小城夏日

夏天的日子爱耍脸子

出门带不带雨伞

人们很关心天气预报

满街的花裙子火辣辣地飘

暑假了

到处都有小蝴蝶在飞

街头的风景涂抹了胭脂

人们不喜欢一种面孔

公共汽车还是太挤太热

天天都编织多幻的意象

啤酒沫无法溺死酷躁的傍晚

西瓜摊要比烤肉串景气

雪白的苹果花已经凋谢了

人们在谈论满树果香

小窗即景

雾

想象是一张犁

为开垦一块土地

播种真善　播种美好

收获　是一片谜语

雨

是忧伤彻夜淅沥

是心事敲打记忆

是无数情结串成的念珠

在胸前飘来荡去

云

我看你时　很重

你看我时　很轻

我用足气力搬不动你

你一抬脚却浮上半空

心灵深处《国际歌》

有如一面旗帜

在心灵的制高点上飘扬

那时候

全世界的无产者

都簇拥在你的身旁

汇聚成一种蓬勃的力量

猛烈的冲撞　和荡涤

世道的不平

是那团猎猎的火焰吗

曾经　在无数个

能够抵达的角落　燃烧

黑暗被驱逐了

心灵被照亮了

浑浊的人世

也便增加了透明度

一些肆意横行的魑魅魍魉

一个个　也才现出原形

是的　作为一座丰碑

你在历史老人的记忆中耸立

你没有倒塌

也不会倒塌

因为　这世界

还有被奴役的人

还有受苦的人　还有

许许多多阳光照不到的角落

正期待你走出尘封的史页

以那声感天泣地的悲壮

起来　震慑假恶丑

起来　声援真善美

同时　也告诉苦苦挣扎的人们

挺起胸　昂起头

看吧　那一种

正义　激奋和强悍的声波

依然　在伴随行走者的脚步

前进　前进

仰视革命

剥削　压迫

黑暗　恐怖

穷困笼罩的旧中国

潦倒摧残民生

水　无法忍受

山　不再沉默

革命被激怒了

拍案而起

天呼　地应

南拥　北簇

一声呐喊

一粒播撒的火种

一面红旗

一团燃烧的烈焰

呼啦啦

卷起红色巨澜

那时候

革命就是这样

作为一项拼搏奋斗的事业

有如高危工种

随时　会有流血

会有牺牲

会有　陷入泥泞的尴尬

以及　尴尬之后的悲壮

所以　革命

要谦虚　要谨慎

要　义无反顾

勇往直前地　寻找出路

这是植入革命机体

世代相袭的基因啊

不能回车

不可删除

如一棵树

虽四季交替

却无法改变苍翠本色

如一座山

历风浸雨蚀

却无法消减巍峨雄姿

又如汹涌江河

愈坎坷曲折

愈奔腾咆哮　风景无限

窑炉班，成了一块"风水地"

没有姑娘的地方

是一块没有绿荫没有花香

没有鸟鸣的乱石坡

比乱石坡还乱的

是水泥厂窑炉班

好容易　窑炉班

叶儿绿了花儿香了鸟儿唱了

蜂嘤蝶舞了

这里成了一块

人人都喜欢的"风水地"

成了"风水地"

窑炉班的小伙子们有点"着急"了

这叶这花这鸟是我们的"家珍"

不容外人"欺负"

不许他邦"侵略"

做保镖当卫士一个个都心甘情愿

上班再也不敢来迟

下班再也不想早溜

总要和鸟儿歌唱一番

和花儿艳丽一番

和叶儿翠绿一番

才肯罢休

要不厂长怎么会说

窑炉班的考勤簿

第一次升起圆月亮呢

那一次车间举行周末舞会

窑炉班的小伙子们都乐疯了

骄傲自己有了"皇后"舞伴

自豪有姑娘做老师

直到满头大汗

这群调皮鬼还说

这是他们敬献的珍珠宝石

年末

窑炉班破天荒成了先进

可那朵绸做的大红花

谁也不肯上台去领

都说　它不如开在心中的那一朵

鲜艳

谒马鞍山李白墓

在地　是风

在天　为云

梦醉采石矶

曾经蘸着楚江写天门

诗思如刃　劈破路障

诗韵如雷　惊诧鬼神

您怀抱的那个水月亮

从不畏漩流的蹂躏

诗怒　飞出刚毅骨气

诗哭　留下斑斑泪痕

思乡　您挽起月亮就起舞

最惬意　让诗情诗性

打着酒嗝　戏弄佞臣

这坟茔

是千里行走的一次小憩

是凝固脸颊的一颗泪珠

不老的　是诗心

不朽的　是诗魂

鲜嫩鲜嫩的绿色江岸

有您的诗意　在滋润

一枚叶子

一枚小小的叶子
一种不甘寂寞的生命

跳上枝头
浓郁成一片海
飘落地下
荒凉成一座丘
生命　从茂盛到干枯
被一条线扯着

扯着许多传说
扯出许多故事
每一个传说和故事

都可想象成一种果实

或酸或甜　或苦或涩

既美丽动人　又自然和谐

如更替的季节

挣扎是一种徒劳

抗拒也毫无意义

一只古陶罐

这一条鱼

没游进沸腾的大海

没游进喧闹的长河

却沿着一条苦涩的汗溪

游上了这只古陶罐

经历了千年埋没的沉寂

遭遇了天翻地覆的震荡

古陶罐留存下来

鱼也生存下来

并向着一种高度游去

直到　游进历史

游进传说

游进故事

游成一种见证者的姿势

同时也游进了仰视的目光

鱼呀

你还肯从辉煌中游出来吗

你还想从展台上游下来吗

游进现实

游进生活

游进汹涌的心海

看深处的颜色

雨后，在河边

毫不客气的风，

把千万条雨丝，

拧成一根亮亮的绳。

绳，牵着阳光，

拽出彩虹，

缀着点点红星。

歌儿追逐浪花，

掬水捧起蛙声，

满身泥浆洗个干净。

——漂远了，护堤的紧张，

轻松了，搏斗的蛟龙。

傲岸堤柳，

多像战士抗洪的留影！

长征路

革命

自打离开生命之门

那一刻起

身后就蜿蜒着一条曲线

它优美得令人景仰

它生动得被人崇尚

它把四分五裂的大地

缝缀在一起

它把南疆北国的情感

串连在一起

这一条线

被扭打的风　又搓成绳索

直至　勒死了那个黑色的世道

02

胜利是一条路

这条路是一根常青的藤

一条为昌盛祖国

输送营养的脉管

革命　因此才健康地生长

丰收　因此才有了足够的能量

这条路　又像根

扎进了大地深处

主宰生命

03

长江东去黄河东去

所有的江河都往低处流

唯有你　从南向北

一直向着高处走

水中千帆争渡

水畔万木竞秀

谁也不会忘记

是这一条水系

把中国的面容

滋润得妖娆　　妩媚

这些农民工

当晚霞在他们的嘴巴上

浓缩成一支支燃烧的香烟

（他们来自大江南北

他们来自黄河两岸）

故乡

咩咩归圈的羔羊

一缕缕袅袅期待的炊烟

便在他们的舌尖上

绽开成

一朵朵不肯凋谢的鲜花了

（这些农民工

这些男子汉）

有时候，他们

还坐进欢乐的大剧场

也挤进沸腾的体育馆

霓虹灯的手臂，也时常

把他们拽进溢香的饭庄

把他们挽进缤纷的商店

谁还吝惜自己的汗水

他们想——

我们用双手美化了都市

也该把故乡的小街

打扮成一座流动的花园

这也是战斗

——致为抗击新冠肺炎自我隔离的人们

关于恐龙的灭绝

据说是缘于一场瘟疫

让不可一世的地球之尊

才消失得迅捷而神秘

这是否若干年前

大自然

早就向人类发出的警示

——物极必反

所有的主宰者

都必须面对的严峻命题

正是出于这样的共识
当新冠肺炎肆虐之际
人们才选择自我隔离
以静制毒　不躁不急
向"侵略者"发起围攻
一种别样的战斗方式

隔离是无奈之举
也是一种启示
至尊至上的伟大人类啊
为了健康和生存的永续
从现在起　就要
收敛不该放纵的放纵
真诚地约束和规范自己
——拒绝世界末日

志愿者

不是职位

不是职称

不报单位

不留姓名

抗震救灾的队伍里

只留下

一个一个忙碌的身影

这就是志愿者

爱心里孕育

灾难里诞生

冰雪中是火炉

酷暑下是凉亭

渴了　送来清泉

饿了　递上真情

醒了　为你唱歌

睡了　为你守梦

就像优质的补天彩石

日里夜里　谁记得

曾经补过多少漏洞

这就是志愿者

不幸和灾难中的一个细节

哪里需要

哪里就耸起这道风景

走进秋天

被风呵护着

被雨滋润着

被太阳照晒着

被鸟儿呼唤着

季节就这么长大了

长大了就成了秋了

秋在田地里金黄

秋在果树上馨香

秋在脊背上流汗

秋在小院里繁忙

秋不肯在城里留步

要看秋吗

看秋就要追上去

就要迈过那道篱墙

篱墙上结着瓜豆

篱墙内圈着鸡羊

篱墙是挡不住人的

只要心里没有篱墙

所以　想知道真的秋色

就要跨过那道屏障

去远方走走

站高处望望

第二辑·稚音喃喃

宝宝爬

小河水　哗啦啦
宝宝刚刚学会爬
东爬爬　西爬爬
爬到大海找爸爸

爸爸是个潜水兵
正在海底守护家
好爸爸　我来啦
帮我采朵海浪花

宝宝推推车

推推车　好繁忙

车上推个大太阳

春天推着风儿走

推到秋天果飘香

车上还有娃娃梦

高山大河不能挡

推呀推　走呀走

推车宝宝在成长

宝宝洗澡歌

撩起长江的浪花

涂上大河的玉液

引五湖柔润

借四海碧波

洗呀　洗呀

洗出水影歌甜

洗出芙蓉一朵

干干净净的世界

装进妈妈心窝

宝宝真可爱

小宝宝　真可爱
拎着一个大口袋
装苹果　装香蕉
还装萝卜大白菜

萝卜做成汤
白菜人人爱
香蕉苹果好营养
宝宝长成好乖乖

春雨滴滴

春雨滴滴

春雨滴滴

春雨滴落进清澈的小溪

南岸山红

北岸岭绿

四面唱起春天的歌曲

唱高山

唱平地

唱梦想

唱意志

哪里有雨滴的歌儿在唱

哪里就报告春天的消息

打雪仗

北风吹　雪花扬

大地一片白茫茫

小朋友们都来了

我们一起打雪仗

西瓜炸弹甩出手

樱桃子弹上枪膛

抛过来　甩过去

雪球飞舞织成网

网住风　网住雪

网住严寒无处藏

小朋友们功劳大

给串汗珠做奖章

大海醒了

晨曦剪碎夜幔

大海睁开睡眼

帆影飘出渔港

似远飞的白云点点

鱼儿醒了

轻摇银尾

浪花醒了

戏耍金滩

渔岛醒了

翩翩欲飞

号子醒了

点燃海的火焰

哦

这里的一切都醒了

我问自己

怎么办

灯与星

乡下孩子爱看城里的灯

城里孩子爱看乡下的星

灯　五彩缤纷

装饰孩子的梦

星　晶莹剔透

映亮孩子心灵

冬　天

山败了

亮出白旗

树老了

手捋银须

小河的柔情不慎丢失

太阳乘机抛下金线

钓走满地银币

海滩上，熟睡着一只海螺

海潮们都歇息去了
一只小海螺被遗弃海滩

没有苦恼

没有孤单

没有忧伤

没有抱怨

此刻

它睡梦正酣

海潮们还接它回去吗

轻轻

荡海的摇篮

海 望

远，海绿

近，海蓝

碧波搂着金色的沙滩

鱼儿水中游

帆影戏浪尖

海鸥抒写美丽的诗篇

滑滑梯

阳光照　风儿吹
大地一片暖微微
小朋友　滑滑梯
你追我赶比飞飞

蝴蝶飞下彩虹桥
紫燕追来歌滴翠
小小蜜蜂也要飞
一只一只排好队

火烧云

落日把树梢轻轻一蹭

蹭出一片火星

火星飞溅

过路的云彩被点燃了

直烧得半个天红

落日不见了

云彩们不肯离去

就化作点点星光

装饰夜空

有的还成为种子

深深植入大地

生根　发芽

慢慢长大

长成黎明

搂着月光睡觉觉

虫儿不再吵

鸟儿不再闹

月光跳进屋里了

搂着宝宝睡觉觉

宝宝做梦了

梦乡花开了

蝴蝶蜜蜂飞来了

叼着花香哄宝宝

葡萄藤

葡萄藤苦苦探索

那青涩的果串

是它一路留下的脚窝

它理解那些期待的眼睛

才矢志要唱香甜的歌

清晨我去上学校

树上鸟儿喳喳叫

清晨我去上学校

妈妈的嘱咐实在多

装了满满一书包

——哎

走路不要跑

眼睛莫乱瞧

当心绊倒了

摔个大包包

树上鸟儿喳喳叫

清晨我去上学校

欢快的歌儿飘呀飘

一片晨光多美好

——哈

追着风儿跑

眼神飞走了

妈妈的嘱咐全忘了

摔了一大跤

太阳手

太阳有只手
领着小树走
越走树越高
长成大个头

太阳有双手
捧着花儿走
越走花越多
香气满枝头

暖暖太阳手
牵着我的手
从早走到晚

送我梦乡游

太阳手爱抚的手
太阳是我好朋友
太阳手里我成长
长成一个小能手

娃娃·西瓜

大山像个娃娃

落日像个西瓜

娃娃捧着西瓜

啃呀　啃呀

西瓜啃成弯月牙

欢欢喜喜过家家

我爱那朵花

我爱那朵花

好想摸摸她

小草摇着手儿劝

不要摸　不能摸

花朵会生气的

我爱那朵花

好想亲亲她

小鸟扯着嗓子喊

不要亲　不能亲

花朵会羞死的

嗯！知道了

我懂了

花朵属于大家的

把她装在心里吧

会四季开放

不分昼夜

我的爸爸妈妈

我的爸爸妈妈

两个小小管家

亲我爱我抱我

把我高高举成小塔

我的爸爸妈妈

现在不听话啦

我的事总要我做

说我已经长大

我的春节

男孩放花炮

女孩穿花衣

爸爸妈妈忙年货

爷爷奶奶笑嘻嘻

我是外婆抱大的

外公让我当马骑

年夜敬上感恩"酒"

亲人都在我心里

我的果树

春风拂绿枝头

夏雨润红花朵

金色的秋

把馨香和甜蜜注满硕果

冬天来了

那飘舞的雪花

是它长长的胡须

在跳舞呀

我的花朵

蓓蕾忍不住春的蛊惑

一张嘴笑成花朵

花朵不肯寂寞

招来蜜蜂蝴蝶

一个跳舞

一个唱歌

嘿　像我一样快乐

我的妈妈

我的妈妈像朵花
我是蜜蜂依恋她
妈妈爱心甜如蜜
妈妈爱里我长大

妈妈就像山水画
我是画中一小芽
妈妈心血像雨露
雨露滋润我开花

我的朋友

天上飞的有小鸟
喵喵叫的是小猫
小小鱼儿很淘气
摆着尾巴吹泡泡

我们都是好朋友
小狗也来凑热闹
白天大家做游戏
晚上呼呼睡觉觉

我的心愿

冬天来了

树上的叶子哪去了

跳舞的蝴蝶哪去了

唱歌的蜜蜂哪去了

我想念它们了

呦

它们飞进我梦乡了

它们落在我心头了

因为它们也怕冷呀

到这里取暖来了

我给太阳化个妆

清晨的太阳亮光光

圆圆的脑袋红脸庞

太阳是个小可爱

我给太阳化个妆

画缕小草做头发

画棵小树做鼻梁

扁扁树叶当眉眼

树根是胡须

嘿

挂在太阳下巴上

再画小鸟当耳朵

一边一只要飞翔

果实给太阳做成嘴

还撅起小嘴直嘟囔

哼

只画头　不画腿

快快裁下那片霞

给我做件云衣裳

我给小鸟唱首歌

小鸟小鸟听我说

听我为你唱首歌

歌声潺潺像梳子

羽毛梳得亮又洁

小鸟小鸟听我说

我的歌声是绿叶

夏挡酷暑冬遮寒

歌声做你暖暖窝

小鸟小鸟听我说

我的歌声像小河

浪花朵朵拍绿岸

春夏秋冬波连波

我是妈妈的小尾巴

我是妈妈的小尾巴

妈妈到哪我到哪

妈妈下田去劳动

妈妈脊背是我家

我是妈妈的小尾巴

偎在妈妈翅膀下

避风遮雨挡严寒

妈妈盼我快长大

我是一个小画家

我是一个小画家

马年画上一匹马

马蹄嘚嘚跑得欢

背上驮着一个家

一只小鹿做妈妈

一只小熊是爸爸

松鼠姐姐很亲热

天天和我一起耍

我是一个小画家

再画一朵大红花

送给风　送给雨

送给春天小娃娃

夕阳·大山

夕阳和大山刚要亲亲
羞臊了天上的云
不要躲
不要躲
树梢扯着云的衣裙

黄昏里走来两个身影
刚才　很远
现在　很近

夕阳·鸟儿

夕阳蹲上树杈
劝鸟儿不要吵架
当心惊扰了星星
出来赶你们回家

——天要黑了
鸟儿们
明天再来玩耍

小巴狗

小巴狗　汪汪汪

身穿一件花衣裳

东嗅嗅　西扒扒

拱翻一瓶果子酱

哎呀呀

狗狗吓得撒腿跑

撞到小猫屁屁上

小树和小虫

小树和小虫交朋友

小虫为小树挠痒痒

小树直喊

"舒服呀！好舒服！"

后来　小虫

钻进小树心里去了

小树后悔了

小月牙

小月牙　快长大
长成一个乖娃娃
学汉字　背唐诗
唱着歌儿走天涯

小月牙　笑哈哈
一天一天在长大
我们做个好朋友
拉起小手看晚霞

一条小鱼

一条小鱼

戴一顶山花小帽

搂着潺潺小溪

优哉游哉

游到山外

有如身穿纱裙的女孩

把山溪扯成了长长的电线

它想要大山大海通个电话

聊一聊

春暖花开的心情

迎春花

迎春花

像黄鸭

搂着枝条爬呀爬

雨来了

不害怕

风来了

笑哈哈

大家聚在春天里

欢欢喜喜过家家

雨点荡进彩虹桥

小雨点　贪玩耍

一眨一闪眼睛大

绿树叶上翻跟头

小水塘里捉浪花

小雨点　笑哈哈

一滴一点在长大

挽着小溪大步走

蹦蹦跳跳去天涯

小雨点　好潇洒

攀着云儿秋千架

飘来荡去显身手

一道彩虹奖给它

元宵月

元宵夜　元宵圆
元宵圆圆香又甜
有个元宵很淘气
蹦到天上演变脸

有时圆　有时扁
有时弯弯像小船
一天一个新面孔
有时躲在天那边

掌心的雪花

一片雪花

从天空飘下

轻轻落在融心

没有融化

它晶莹洁白

它纯净无瑕

似跳跃琴弦的音符

如启动心绪的马达

嘴唇好想碰它

用舌尖把它融化

让清澈沁入心底

滋润春天发芽

第三辑 · 短笛悠悠

暴风雨来了

雷公挥舞雨鞭

狠狠抽打地面

屋檐飞泪

不忍观看

柔弱的青纱帐不要祈求吧

看崖畔青松

有怒号

才有尊严

不要碰

不要碰

不能碰

那朵花儿正开得水灵

水灵灵的娇容

引蝶翩

诱蜂鸣

直惹得

一种心绪梦里弄影

不要碰

不能碰

碰落的芬芳

会把心儿砸痛

春天的故事

隔着厚厚的窗玻璃

鸟儿们无语无声

蓓蕾纷纷发表演说

那样子

像是对蓝天表述心情

房檐上的白鸽子

偶尔状作落地流星

又是谁家新栽的树

有点老态龙钟

嘘！ 这遍地春光实在美好

随意裁下一片

都是醉人的风景

地 事

春风扫尽残雪
大地裸露本色
乱石，污泥
腐草，败叶
世界仿佛失去了纯洁

不！
这才是万物萌生的季节
只要肯撒下一粒种子
很快就会发芽，长叶

风月夜写意

月亮踩弯了树梢
叶儿们排列成唇舌
动物植物罩进网里
阴影是挣脱者的寓所

宇宙叮当作响
吵醒了一簇簇诱惑
桀骜的风不守规矩
企图掀翻月夜

腐败 "问题"

一条线

又一条线

赤橙黄绿青蓝紫

还有　白的

来来往往　纵横交错

织呀　织呀

没日没夜

织成锦　包装贪婪

织成网　打捞享乐

像食叶的虫子

几番蜕变　成蝶

狂飞乱舞

将人眼迷惑

关于回答

不留神触痛了你的神经

荒寒冰雹般纷纷砸来

我的灵魂像老旧的机器

总是有零件需要修理

捍卫梦想是我的坚守

死亡与不朽称兄道弟

春光是前来履约的挚友

正轻轻抚摩发芽的黄昏

黎明该起程了

小鸟该唱歌了

笼子和树林该做什么

命运是否接受了差遣

海滩的事情

大海退潮了
眼前只留下沙滩

失落沙滩是一种幸运
这里没有遮拦
可把囚禁的心释放
任其自在地跳跃旋转
或者放飞一枚贝壳
实现一次梦的圆满

沙滩上自有沙滩的事情
只要肯去寻找
只要能够发现

行走在秋天

行走在秋天的风里

心情依然翠绿

花朵是次要的

开不开都行

香不香都可

只期望那枚硕硕的果子

继续做成熟的梦

待鸟儿啄破果壳

让籽粒落在地上

作为种子　访问春天

黄　昏

夕阳遁去了

云是一堆积木

由心情任意搭建各种房子

那是稚气的童年吗

那是童年的故乡吗

那是故乡的故事吗

云　　消失了

夕阳折断了所有的翅膀

家园也随之坍塌

废墟作为梦的注释

轻轻走来

火烧云

肆意地施展魔力

狂放地布散诱惑

有仰望者

有追随者

一个个被热烈迷倒的时候

你却无声无息地走了

点燃的灵魂被抛进黑夜

做火红火红的梦

老　屋

矗立

是一种摆设

倒塌

是一堆路障

不矗立也没倒塌的

是一处险境

——摆设　路障　险境

在构筑一种人生

泪 水

汶川是顶天立地的柱

十三亿颗心被拴在那里

所以 疼痛的泪水

才争着往那里淌

才抢着往那里流

心就是海啊

世界上 还有什么

能比海阔

能比海深

能比海的力量大呢

路　口

十字路口

人来车往

匆匆忙忙

脚步停不得

车轮停不得

谁停下来

谁就是路障

在这样的路口

还要懂得使用眼光

不然　就会

和红红绿绿的规矩

相撞

落雪时刻

一块遮掩腐朽的尸布
一篇谎言编织的童话
追随冬天的脚步
自朦胧的天空抛下

伫在柔柔的静默里
倾听点击心灵的密码
一丛发芽的思绪
在雪地苦苦挣扎

落叶二题

其一

忧伤如落叶

随风而下

覆盖一种心情

不是凋零的季节

生长

是最好的选择

美是多元组合

单纯是另一种浅薄

梦　刚刚学会拒绝

其二

凝朗坤之气

挟穹籁之韵

小小精灵

尽兴地风光过后

想家了

游子般姗姗而归

归根是一种状态

小小身躯

尽管难御汹涌寒潮

有了这份情义

也就暖了大地的心

梦　夜

批量生产的心事

摊在没有辈分的台阶上

责备　一道新添的美味

满足　直挺挺伫立

脚步踏进了雷区

双手捧住了云雾

增长的勇气气吞山河

黄昏树长出枝枝杈杈

悬挂不肯跌落的话题

年轻的树

你把我当作一种环境
却没有走进秩序

你是一棵年轻的树
我不想做那把修枝的剪刀
那些悬挂四季的花果
不过是些小小摆设
有风从腋下经过时
你是否察觉一种味道

但愿那场急促的雷雨
不惊动盘踞叶片的灵感

情人节

玫瑰花不吝啬鲜艳

并蒂莲被馨香缭绕

无雨的季节被无语苦恼

凝固的时光倏忽间启动

心情们一个个跌落进网里

由电脑制作成卡通故事

悄悄在大街小巷流行

雪地遗留下串串脚印

世界微笑起来

角落不再沉默

小蜜蜂携着芬芳飘去

月亮用羽毛搔痒了梦境

秋 柿

一团燃烧的火焰

一束诱人的斑斓

为冲决冬的防堤

秋光里发一声呐喊

起舞的姿势是一种高度

阳光镀亮阵阵咏叹

馨香与苦涩随时相撞

穿梭的鸟儿传递灵感

诗人要写诗

让喜悦有个着落
给沉思找把梯子
使忧愤有个回声
为悲伤找条出路

有时候　也许
什么也不因为
心绪也说不清楚
只想给泪水找个池子
滋润良知
洗洗心性

十四行诗八首

中 秋

陌生是陌生人的挡风墙

熟知是熟知者的庇护所

在陌生与熟知之间

我看见有一个人

行走在秋天的风里

犹如一片金黄的枯叶

在无法丈量的月色下

作为一块饵料

被无数目光吞噬

溪水清清抚摸出平展

拐杖支撑起一个个残缺

灵魂何时涉过荒漠

北方的云雾又黏又稠

月光无序地亏待绿叶

凝 望

七月八月望夕天云朵

想象是一种惯用工具

把你任意捏塑或者雕刻

念小花小草的时光

忆小猫小狗的生活

也感叹依偎黄连树成长的岁月

你是牧场我是那只温顺的小羊

阳光的理论没有驳倒月光的皎洁

凝望是箭　明白射穿

想象是刀　理解劈剥

童心是一枚青涩的果实

不懂得从生命树上坠落

你的心装什么我不知道

我心里荡漾的依然是热血

对　话

面对矗立心中的高度

我执意地选择仰视

攀登作为生命的奢侈

曾一次次引诱我的向往

但是是条拐弯的胡同

前边依然有路可走

茫茫人海混沌一片

理智总爱自作聪明

分形是智慧树开出的花朵

还没到迷醉蜂蝶的时候

舞曲拨弄起无数个旋涡

但愿你我都不是表演

人生非梦现实是一位尊贵的师长

很多人拜倒在那双脚下

呓 语

泪水是痛苦树飘坠的落叶

厚厚地温暖着我的心情

长途跋涉才来你身边

我只迈过第一道门槛

选择坟墓是隆重地选择一块绿地

那里从未拒绝过春天

甬道幽幽庭院深深

何时才允我走近烛光

闪电如鞭抽不碎澎澎湃湃的乌云

惊诧只当是海燕凄鸣

对美好的敌人出其不意

搞点偷袭有什么不好

掀翻船只撞击礁石

我是被狂风卷起的海浪

醒 惑

季节靠支付雪花购买隆冬

我的梦总是迟到的客人

春天的树叶并非都是倾听的耳朵

弄懂了思念是泪水的故乡

多么想我是你唯一的背景

彼刻正沐浴晚霞之中

迎接露珠黑夜长长如一条隧道

渴望月光是远古的心情

乌云是魔鬼派遣的路障

很怀念那一粒微弱的流萤

摸索中曾经四面碰壁

不知道哪一方才是前程

不要说眼睛里总装满往事

过错才是回忆的风景

幻 觉

一群人吵吵闹闹又拥又挤

只为品尝一粒果实

责任和义务像鼻涕被甩掉

灵魂若被风驱赶的浮云

一座桥在眼前轰地坍塌

故园和乐土都不再向往

水变幻成云雾迷惑太阳

沙漠正在一天天逼近

横横竖竖如脱缰的野马四蹄张扬

良知被罩进一张网里

境界是一只短缺的水桶

流失的部分升华为彩虹

有人以庸俗为潇洒

有人在创作自慰歌谣

瞬 间

一只鸟儿停留枝头

一片叶儿在阳光下酣睡

泪水何时织成了门帘

有一滴忧伤总爱作祟

风不停地掀动灵感

追寻光明首先触摸的却是黑暗

走进生命抑或走进日子

寂夜是一座孕育的子宫

盛宴结束无奈便亦随之诞生

人离去影子成为常驻太守

不祈望回收任何感应

祝福是今夜送你的厚礼

无奈再次把心情灼伤

我的梦依然没有家园

都　市

昨天的高楼日渐枯萎

艳丽被嫁接上一棵棵高树

人们装潢房屋同时也在装潢灵魂

小街涌作斑斓的河流

追逐的末班车又一次远去

寒露在尘埃里痛苦呻吟

皱纹剪刀般修剪时光

热烈的思想在雪地上挣扎

微笑开放成没有内容的花

人心倒是难测的深海

走不出习惯设计的公式

梦想和幻觉跌入谷底

在一条新改建的路上

行走着平凡与崇高

石上松

忘却恍如云烟
正摧残昨天的回忆
昨天是种子呐喊
苦觅生的缝隙
还是感谢那捧泥土吧
给了生根发芽的机遇
你才站成这簇风景
在人前展示美丽

天上的事

时光是船

白云是帆

无垠的宇宙海墨浪滚滚

日和月

两座漂浮的港湾

就这么行驶着

一天又一天

一年又一年

银星

为求索者

——评点

往 事

或枯叶般飘落

或风帆般扬起

消失与存在纯属偶然

记忆是部多余的零件

相信机缘是一场误会

钙化的大脑属生命果实

孩子们钻进青纱帐里

做着大人不懂的游戏

花儿凋谢会感伤

叶儿零落便凄凉

恒守松柏不一定长青

谁说枯萎不是风景

尾巴"问题"

鱼摇尾巴

为游得快

狗摇尾巴

能讨人爱

人的尾巴呢

为什么

刚刚停止摇动

就翘了起来

我悄声细语说

我悄声对你说

用一片心

如果你没听清楚

我就凑近你的耳朵

因为这话是秘密

这世界太喧嚣了

有时候

大声疾呼

不如悄声细语

夕 光

黄昏的光芒如偃月刀挥来
防御最好是闭上眼睛
世界是黑色亦是白色
真实的境遇依然昏黄

主角谢幕已经退场
配角出来积极亮相
前方是否有一片丛林
一个影子正沐浴幽潭

夕照山乡

金黄的西山秋禾燃起来了

把落日烤得通红通红

过路的白云好趣地观望

拥挤着

红脸蛋扮着各种乖型

接着

水蓝色天海泼去溦滟

金禾湿了

旋起雾气重重

终于

夕阳支撑不住了

关闭上困惑的眼睛……

夏日小河边

柳荫锯碎阳光

粉末满河道飘荡

诱惑在前方悄悄拐弯

蝉声兴冲冲织网

碧草欲挽留脚步

不小心惊动了芬芳

线与网

左一条　右一条

前一条　后一条

左左右右　前前后后

一张网

横竖就这样织成了

钻进去　是网里的鱼

落下去　是网中的鸟

任大海再大

任天空再高

也不属于自己了

想关闭自己

面对五彩缤纷

想关上那扇心窗

面对五花八门

想摁住那个欲望

愿树木不再摇晃

愿鸟儿收敛翅膀

不许大地葱茏

不容花儿芬芳

让蝴蝶停止舞蹈

让蜜蜂不再歌唱

山川肆意赤裸

天空任其荒凉

我想着　这样想着

送走无数月夜

踏碎几多晨霜

原来呀　原来

这关闭自己的星愿

只是空想一场

一双脚　从未

脱离遍地泥浆

小　船

命运如动荡的大海

飘摇的小船任凭摆布

岸

稳固而永恒

小船却不肯投宿

心　曲

孱弱的烛苗在雪野上摇曳

启明星很亮

却羞羞怯怯

彩云短命

诱惑青睐

芽蕊

不喜欢烈日高傲的性格

春，不再红红火火

秋，不再轰轰烈烈

梦，失去了联想和记忆

歌，再也不肯来心枝做窝

你说　因为什么

醒　惑

我知道

五月的玫瑰花已不再为我开放

尽管

树梢有七月风灼热

檐前的雨淅淅沥沥

再走一步

就跨入收获的季节

既然花儿不肯芬芳

又何必乞求那簇绿意

再见吧，朋友

感情的富翁却是金钱的乞丐

送别

我只能这样注目行礼

仰　视

你看我时
很小
我看你时
也很小
是山的位置抬举了你
别把它当成自己的高度

野蔷薇

萌芽有过磨难
生长遭遇风险
花开花落无人知晓
忠实的伙伴只有小草

宁愿忍受这平庸的匍匐
也不肯去踩别人的头颅
永恒的郊野是永恒的圣殿
任我吟笑
伴我歌哭

夜　巡

当孤独和寂寞成为夜的内容

我开始数天上的星星

云　堆积着拥来

像餐厅小姐手里的抹布

企图把夜擦拭干净

灵魂们都很安详

如静静伺守的路灯

只有影子令人琢磨

谎言是一幅遮丑的帷幕

缭乱起来

有迷倒眼前一切的本领

黎明被注射了镇静剂

迟迟不肯躁动

夜 · 哨兵

墨黑的夜，夜的天空

一颗一颗，冒出银星

哦，银星

——正在发芽的黎明

发了芽的黎明

生叶，长茎

花开时

——羞得满天霞红

墨黑的夜，夜的哨兵

一班一班，守护银星

哦，哨兵

——种植黎明的园丁

谒承德棒槌山

一幅悬挂的标语

一串凝固的思绪

像屈原在质问苍天

似众丘竖起拇指

是青笋与流霞攀顾

倏地遭雷轰电击

从此

蘑菇云不再迁徙

仨成拔地而起的姿势

做擎举的剑

当测天的尺

传说和想象

不断被斟进高脚酒杯

结伴风雷雪雨

异乡的黎明

天，黎明

地，朦胧

人，陌生

一夜风雨歌唱

梦里檐滴悲鸣

小院香落几重

艳阳不知高傲

霞云并非无情

心愿刚刚走出樊笼

不是染发的时刻

黑白自当分明

勿忘我正开得水灵

吟 秋

日子正衰老下去
枯叶是脱落的肤屑
儿女们没有长大
老树在搭建房屋

狂风是突然杀出的勇士
野心勃勃地主宰世界
是谁雇佣这股力量
把声音和色彩掷向了远方

雨　夜

关紧房门

堵严窗户

顶住风声

遮住雨声

挡住雷声

也拒绝　满大街的嘈杂声

此刻　我只想听听心声

黑夜降临了

一条人影惶惶飘来

只匆匆斜我一眼

始终没有开口

欲 望

有一种力

不停地蛊惑

许多影子

便以各种方式

投入　一个又一个

套子

只是　不知道

风拧干云彩的时候

影子是否发现　自己

脖子上那串闪亮的金属

其实　不是项链

远方的牵挂

——5·12汶川地震十周年问

大地被撕裂了

一道裸露的伤口

渗血　化脓

汶川流泪

中国喊疼

曾经　曾经

时间该是一剂良药呀

十年了

那伤口是否真的愈合

大地

身躯

还有心灵

月夜·雪

谁把这碎琼乱玉漫天撒

是谁抖动这轻柔的纱

是嫦娥延伸的绵绵思绪

——久别的寂女盼望归家

不是碎玉　　不是琼纱

也不是思凡的嫦娥洒泪花

那是高山顶旋转的雷达天线

正把安宁的传单悄悄散发……

月圆的时候

月亮于宝蓝色天空裸奔

星星

挤眉弄眼地哂笑

暗柳

企图递上招摇的裙裾

又恐遭遇蔑视的目光

还是蛐蛐们想得明白

把一声声咏叹唱给沉寂

是谁把月光斟满心杯

让我在梦中与你同醉

云遮月

时光在举行一种仪式

不留神伤害了月亮的心

风儿扯出缕缕丝线

企图缠住那道离情

云和云在较劲

为确定一粒尘埃的归属

风　　突然激动起来

云和云你拉我扯

今天的夜空有战事吗

不知道

星星是在指挥

还是在观望

早行……

空空荡荡的小巷

如一条弯曲的柔肠

匆匆

一双鞋跟

狠狠叩打路面

丢一行音符

捡两串炊香

不会有人知道吧

路灯不肯录像

姿势问题

有官位的人

喜欢坐着

无官位的人

只好站着　或走着

坐着的人

令人羡慕

站着　或走着的人

让人耻笑

还有一种人

不论有官位

还是　没有官位

却愿意趴着　或爬着

第四辑 · 情思绵绵

当你痛饮了我的泪泉

当你痛饮了我苦涩的泪泉

终于

我流尽了抱怨

这是瀑布跌落的追求吗

世俗的墙隔在眼前

可诅咒的命运之神呵

你不该

随意拨弄爱的轮盘

总有一天

千万颗晶莹的泪滴

将汇成淹没你的狂澜

祷　祝

让我们一起去蔑视痛苦

向导是潜伏在心底的真诚

缘分从来不属于罪错

它不会吹落家园的花朵

不必把喘息当作狂风

兴奋和愉快是毛毛细雨

久了也会打湿衣裳

方向既然已经确立

就不必再说那个 "但是"

天空和星星都是姐妹

我只需要一个伙伴

就让这黛绿色山谷

暂做一处栖息地吧

对话是一种荒唐演义

我的心至今不会说话

爱情是创造而绝非传教

相信自己是旺盛的根须

正在静静地注视前方

溪流冲刷岩石

那是温柔那是抚摩

把渺小与懊恼抛还给上帝吧

握手是最好的谅解方式

如果你不生气这话就是多余

消息长翅已经飞走

落上心枝　新闻也许又一次粉碎

我在祷祝中念你的名字

每一声都是划响的火种

点燃谁其实并无紧要

冥冥中只要你在呼唤

发酵的乡情

摇摇晃晃的炊烟

踩着农家屋顶

一步步登高

炊烟像弯弯的炉钩

挂在山腰荡秋千

搭上云儿奔跑

公鸡长鸣母鸡咯嗒

刨着土里的虫子

美美地吃掉

小猫小兔小狗狗

欢欢喜喜快快乐乐

你追我赶吵吵闹闹

邻家小姐姐喊着乳名

水塘边听蛙声一片

看鱼儿水面吹泡

春风春燕发来的请柬

一贴贴如同圣旨般重要

青青山坡做战斗城堡

树上松鼠草丛刺猬

山荆乱稞扎破手指

衣兜里装满红红的酸枣

故乡童趣故乡故事

在思念眺望里

复制发酵

风说　雨说

没有星光的暗夜

风在诉说

雨在诉说

一个瞬间即逝的身影

教我认识了

生离死别

不是离开枝头的硕果

也不是飘飘坠落的枯叶

你还是一柄嫩嫩的芽啊

走得如此无可奈何

你走了

烈日下可有浓荫遮护

风雪天将怎样熬过寒夜

从此　我的梦

就缠绕上这样一种心绪

一个被不幸浸泡的灵魂

四处漂泊

海浪花

如果说

你梳卷的青丝

是你脑海扬起的浪花

那么

我就是那条小小的游鱼

总想潜入波浪深处

把海的秘密探察

不问路途遥远

不问几多关卡

只问那颗爱的种子

肯不肯为我发芽

回　答

真情被你的表演否定

我不再仰望天空

即使星辰弄眼　雨戏彩虹

也无法愈合我受伤的神经

你把贪婪作为追求

自私成为你生命的内容

浅薄本是命运的贡品

你却拿来装饰人生

轻浮如云　缠缠绕绕

最怕心谷卷起狂风

但愿　人造的幻影随风飘去

还我那片灵魂的宁静

悔，不悔……

探索的触须

沿着陡峭的壁攀援

谢谢你来助力

帮我登上峰巅

站上这高处

眼睛望远了

心胸敞亮了

后悔那个晨觉

不该睡得太沉　太久

竟错过无数

春的风景

以后　那以后呢

像一朵云

你已经飘远

好想　好想呀

好想那朵雨做的云彩

是你派遣的使者

为我　洒落甘霖

家　园

独对星空的夜晚
思念是唯一的家园
那里正疯长一种植物
果实　有涩有酸

满桌宾朋不懂这滋味
只管听　花草里虫唱
只顾看　枝叶间蝶翩
偶尔有一缕心絮飘起
最多也只是碰碰窗帘

家事四则

小 站

车站，

一阵铃声，

惊落满天星星。

有的挂上枝叶，

有的跌进草丛。

还有两颗呀，

很淘气——

躲进了妻子送别的眼睛……

你来了

你来了

风，僵在门口

手，紧紧相握

心，接通电流

认识你，我便认识了离别

离别是一杯苦涩的酒

再来吧

我的梦，我的歌

不必计较

是夜是昼

灯

妻子从远方来了

外边风雨正吼

瞧着灯影里我枯瘦的模样

妻流泪了

"你浑身都是骨头"

望着墙上甜蜜的"合照"

我心里涌出一股暖流

是思念的灯燃得太久了

差点儿熬干了油

窗　前

徘徊在你的窗前

心情

凋如一片落叶

是你的目光不肯照耀

它才枯萎的吗

是落叶不甘枯萎

才化作冬青

伫守你窗前的吗

解　脱

如万箭穿心

似抽筋剥皮

同一躯壳里孕育的生命

缘何要活活分离

星星记得住拥抱

风儿缠绕过彼此

春花赠送无数笑脸

秋雨洗印万千记忆

原本一对打不散的鸳鸯

是谁扯断了那条青丝

是我　是你

是谁摇动了爱的根基

一次天外客的小小挑战

脆弱的心便难以抵御

风雪也只是轻轻拂动

情和义便失去记忆

美好在瞬间枯萎

誓言刹那间逃离

无奈加痛苦编制的闹剧

一杯涩酒活生生灌进肚里

如果说苦难的人生

原本如此　我认领

即使明天你打马而去

我也要走近曾经的誓言

摘一粒熟透的果实

作为送给你的嫁礼

就因为有那样一种心情

就因为有那样一种心情

我们的生命才这般沉重

为什么不能是那缕风呢

来得悄悄

去得匆匆

一路无影无踪

为什么不能是那片云呢

想淡就淡

想浓就浓

随意变换自己的表情

为什么我们不呢

像呢喃的紫燕

把春光裁成一道道风景

苦涩人的歌

苦涩的根

苦涩的叶

苦涩的树上

一枚苦涩的果

苦涩的人

苦涩的歌

苦涩的心灵

正默默地苦涩

苦涩是今晚的月色

苦涩是生命的承诺

苦涩把苦涩苦苦纠缠

苦涩何时才挣脱苦涩

腊 梅

只那么淡然一笑

香艳　破壳而出

冷傲　沦为碎片

生成热烈的渊薮

开采幽芬的矿脉

批发圣洁的仓储

呼啸着

挟裹一个世界　涌来

苦寂的心

霎时　被芳润浸透

卜算子算不出心情的走向

生命潜入一弯春水

潺潺

一株株水植

一粒粒卵石

伴随　淘气的游鱼

舞蹈斜阳

老家的人*

少小离家
多少年不回老家了
老家的胡同变窄
老家的院墙变矮
老家的小孩子一个个长大
老家的青壮头发变白

曾以为
老家的人不会记起我
就像忘掉一棵过时的白菜
可是我错了
就因为上了咱山东电视台

---

*应邀携妻子刘伟做客山东电视台录制的"一封家书：你用青春守
卫国家　我用青春守护你"，于2017年9月29日20点在山东电视台
影视频道播出。该诗即观后作成。

"一封家书" 二十点开播

编导楚侨年轻漂亮

主持人名字叫辛凯

就因为有我和妻子的影像

邻居街坊奔走相告

一传十　十传百

老家人热情的心里又添把柴

是那个小时候的小赖毛吗

哭一声死去的娘亲

扯疼一条小街

围着电视听故事

声声祝福　句句有爱

音波荡漾千里之外

"这是我叔"

"这是他舅"

"五爷爷瘦了"

"五姥爷老了"

漂亮的媳妇依然光彩

老营长还专程打来电话

战友情　同志爱

心中回荡起戍边的风采

老家的水甜

老家的土亲

老家人纯朴厚道实在

老家人悲悯的心室里

至今　收藏着

我挪不走的那条根脉

泪 花

泪花　开放过

一遍又一遍　之后

终于　关闭了芬芳

理智娩出的冷漠

坚信　不是果实

依如　地壳深处

永远滚荡岩浆

爱情不死　是一轮

照耀生命的太阳

尽管有许多灵魂

曾经被它冰冻

曾经被它灼伤

没吐出的爱

爱是那个沉重的铅球

我使尽气力

也没能把它吐出口

没吐出口的爱是个魔鬼

它要把我的五脏嚼碎

无奈中只好任它横行

吃了我的心

又吞了我的肺

此时我才觉腹内空空

谁来了都有一个座位

没有你的日子

没有你的日子

思念是亲密的伙伴

眼泪作为玩具

可帮我驱逐寂寞

所以

没有你的日子

我很充实——

有烦躁来叩门

有苦恼来闲聊

一杯杯透明的酒液

洗印我的灵魂

舞蹈在月下的影子

还能唆使我

把笑化成哭

把哭变换成笑

那时候……

相思是个陷坑

跌进去无须哀痛

就当种子埋进泥土

肥沃里植下一颗生命

由它生根　发芽

任它长叶　长茎

花开

为春擎一束诱惑

果香

为秋添一道风景

那一句话

珍贵的话语都喜欢珍藏

那一句话

才没有让它飞出心房

——怕它闯祸

怕它受伤

更怕它

被无情的冷风吹弯了脊梁

所以才把它锁进密室

任它孤独地狂舞疯唱

你曾经走进我的生命

你没能走入我的生活

却走进了我的生命

那是一棵记忆的树

有雨的日子

悬挂星

有风的日子

摇晃梦

太阳企图提拔影子

被一片云改变了风景

不必祷告什么了

心　　已经触到黎明

女儿的卧房

一颗淡蓝色的心

躲在墙角里微笑

一对小洋人的脸庞

被各色线条切割成方块

风铃沉默无语

灯光十分吝啬

野菜娃双手托腮

想远方的心事

自画的大白兔

怀抱缤纷果蔬走来

女儿说这很像自己

美人鱼卷曲成紫月亮

正凝神一串尘封的念珠

人为的停电又开始了
抱怨早已疲惫
欣喜几片月光跳进窗口
于是，鲜鲜嫩嫩的故事
伴着女儿的梦呓
装饰了小屋

盼 归

浪花扑向海岸

手捧朵朵水莲

海岸线很长很长

一头南海一头大山

一头弹拨我的心弦

一朵云飘过蓝天

一双眼装满顾盼

不知那朵云彩

是否已经看见

两只盼归的望眼

秋　润

风，没有来
云，没有来
正是该你来的时候你就来吧
——秋润

不要打扰星星
不必惊动夜莺
天上地下
万籁都在酝酿成熟

何必吝啬汗水呢
该施予的就施予好了
该抛洒的就抛洒好了

落进草丛的是露

挂上枝叶的是珠

低头就俯视你

抬头就仰望你

渴了，你是清泉

饿了，你是蜜果

不渴不饿

你便是风景

哦

孕之于夏娩之于秋的

那滴晶莹呵

舞之于叶歌之于果的

那缕馨香呵

——秋润

去戒台寺，我拥抱了一棵古树

那天去京西戒台寺

我拥抱了一棵古树

拥抱的时候没想太多

只是觉得我应该拥抱

就像童年的那一天

离别数载返回家乡

拥抱了我满脸皱纹的奶奶

而且抱得很紧很紧

只觉得

只有和梦里的亲人紧紧相拥

才能减轻思念的疼痛

才能实现相见的喜悦

心灵才能得到安抚

都是因为母亲去世太早呀

我才三岁多

多么需要母亲的爱抚与呵护

可母亲却抛下我

不管不顾地永远走了

从此　一个小小生命

把命运依偎在奶奶身上

就像一棵草移接上一棵树

奶奶长我六十多岁呢

还是一双不太会走路的小脚

奶奶走路总是颤颤巍巍

站下的时候总往后退

那时候我想

要是奶奶的脚

能像一棵扎根的树多好

一次　就因为

有个要求没得到满足

我竟淘气地

用头拱得奶奶直往后退

已经很老很老的老人家

被我拱倒了

我闯了大祸呀

等着受罚挨打吧

眼看着奶奶的巴掌轮了起来

可等了许久却不见落下

当我睁开眼睛才看见

原来奶奶的手　先是

拍了拍自己屁股上的灰土

又帮我擦了擦眼睛里的泪花

却含着泪水对我说

孩子　咱们家穷啊

不能和人家的孩子比

要比　咱就比读书

比长大以后的出息

比吃亏　比吃苦

去戒台寺见到了那棵树
就像见到了逝去的奶奶
就像听到了奶奶的嘱咐
我紧紧地拥抱了那一棵树

守望

不曾潇洒

没有浪漫

你和我

两座走不到一起的山

一个固守神圣的领地

一个保持巍峨的尊严

风雨中彼此相互祝福

用一种没人听到的语言

我爱听　你脚下潺潺的清流

你仰望　我头顶缭绕的烟岚

攀越季节的墙篱

彼此同赏花开花落

咫尺天涯　天涯咫尺

却无法拉开紧箍的门闩

让我们

就这样守望成雕像吧

甚至千年　万年

四　月

你召集挺身而出的秀嫩
聚合首当其冲的花朵
以不可抗拒的力量
彻底否定了冰封的季节

你美丽，美丽似亭亭少女
穿过闹市洒下一路诱惑
你可爱，可爱如隔叶黄雀
痴情地唱着醉人的歌

人们曾好心留你常驻
你却掷碎花瓣拒绝
——不可，不可

要去参加森林的歌唱

要去接受金秋的检阅

送 别

泪水攀上悬崖

等待隆重的一跳

心　被情不自禁揉搓

此去

相信有一朵云彩

会伸出祥和的手

抚摸你的旅程

别离是一种结构

在生命中

在灵魂里

宛如一首诗

荡漾原始韵味

星夜是一片温润的土地
种植梦
此刻
心情是最好的风景

索　链

新月弯弯，

柳帘羞面，

湖边，你手指绞弄柳叶，

"我们……"

话刚露头，

又被两片樱唇儿咬断。

踏踏踏……

你甩下个背影，

拉长我的视线。

从此，你身上，

就总缠着，

用我的目光铸成的索链！

往事已经超期服役

千万缕相思拧成了缰绳

挣脱它曾经血的轰鸣

爱情制造了太多遗憾

那是一根长长的紫藤

每一片叶子都是陷阱

灵魂与灵魂互相侵略

生命峡谷里好一场战争

往事已经超期服役了

却赖在心头炫耀威风

我 们……

自从

爱的对角线

把你我扯成南北两极

我们

就再也躲不开

被夜雨打湿的那个记忆

春天来了

都相信不会再飘雪花

一切都绿了

我们的心

更绿得出奇

绿是单纯

绿是幼稚

单纯和幼稚

解不开那道方程式题

由此

我们也被复杂感染

彼此复杂成难猜的谜语

我不该

不该为你流泪

——你是魔鬼

你掠我的灵魂哪里去了

何时才肯送归

不该因你悲伤

——你是豺狼

你把我整个地吞进肚里了

做了你傲慢的营养

不该呀

我真不该

——不该允你走进梦境

不该为你敞开心房

更不该

把那串心匙交你收藏

我不要

常春藤不要缠我太紧
野百合不要过于芳芬
不要随手捋走我的酣梦
不要残忍地拨弄爱的竖琴

不要，真的
我什么都不需要
不要那如雪白银如土黄金
不要那遍地黄昏满天霞云
就这样允我祈祷吧
允我走进那座玫林
允我沐浴那满园香馨

我的妻子

我的妻子

一个总是稀里糊涂的人

妻子很漂亮呢

当初有很多男孩追她

一个个　直追得

气喘吁吁　汗水淋淋

可小子们谁也没有追上

她一扭身　却撞上了我

撞得很疼呀

妻子说　这是她前世"作孽"

就这样

她稀里糊涂地成了我的妻子

她心甘情愿地做了母亲

她牢牢坚守着自己的岗位

几十年相伴晨昏

她总说

自己是个管家的官

当得安心　顺心

也很开心

（写在结婚25周年之际）

我们的事

你心里有我

我很幸福

我心里有你

你不孤独

你和我都不是上帝的宠儿

我们原谅了上帝的错误

我在你心里是一只小鹿

你在我心里是一只小兔

小鹿和小兔结成朋友

彼此都是温驯的动物

温驯的动物也会淘气

淘气是一幅美丽的图画

小鹿小兔不住一个小屋

只好天南地北遥遥相祝

偶尔还能去梦乡里见见

梦里的影子模模糊糊

模模糊糊便书心写意

临别

你送我两串晶莹的泪珠

我身旁流着一条小溪

我身旁流着一条小溪，
流着思念，流着情意；
流着姑娘的歌声，
流着亲切的絮语。

小银鱼呦，莫要不好意思，
你快说她又捎来什么信息？
小浪花呦，你也真太淘气，
姑娘的话有啥值得忸怩。

她要我收下诚挚的爱情，
但不能悄悄地藏在心底；
要转达给手里的钢枪，

要告诉巡逻道上的足迹……

我身旁流着一条小溪，

源头就在姑娘的心里；

载着理想，载着爱情，

流向祖国肥沃的土地……

我愿意……

如果说

女人真有半扇心窗

对人永远不能打开

我情愿被你关进那扇

这样

我的心就不会乱跳

我的情就不会瞎跑

爱就有了居所

怜就有了目标

善与美就追随着你

亦步步登高

心绪会如丝如缕

紧紧把你缠绕

然后　用汗水和泥

用勤劳奠基

筑一座结结实实的巢

这巢很大　很高

雄鹰可振翅翱翔

骏马可驰腾奔跑

像宏阔的海

任浪飞　鱼跃

如果相信这份真言

你就关紧那扇窗户

然后　打个收条

吟咏生命

是星星抚慰灵感的时候了
我又躲在
相思织就的茧壳里
独自　吟咏生命

仿佛沐浴圣水
灵魂格外洁净
不知道也是一种滋味
如同享用宴席
斑斓　且丰盛

冷夜即将离去
还不见叩门之声

只有圆圆的盼

伴着太阳　再次升起

痴痴地　照耀心空

忧　伤

一朵出水芙蓉

脉脉地开放

蓝天和阳光很吝啬

斜雨无聊

抽打着芬芳

因而　她才忧伤

仅仅是一滴清露

悬挂于春的叶片

不知道是羡慕还是嫉妒

无端的目光

射在身上

因而　她很忧伤

忧伤是那条雨巷

很幽　很长

尽管雨伞拓出片晴天

怎奈何

她生命深处的那缕惆怅

因而　没走出忧伤

雨　路

小路，弯弯曲曲
小雨，淅淅沥沥
雨路
只有我和你

紫罗兰任性地开放
勿忘草葱葱绿绿
说不清
春夏秋冬该哪个时季

终于
小路发育成堤坝
捉住了顽皮的小雨

小雨集合成小湖

荡漾晶莹涟漪

月　路

趁月色正好

请放慢你匆匆的脚步

好让掀动衣角的风儿

仔细瞧瞧咱俩的肺腑

话语都很珍贵

如玉　似珠

澎湃的心潮

却海浪般起伏

既然

两颗心已经走到一起

就不怕前边没有道路

让我们就这样行走吧

把坎坷走成坦途

让心情走出迷雾

一直走向生命深处

致 友

你的爱已经找到归宿，
你深恋山野间那条小路。
路旁处处是鲜花蜜果，
嫩叶上欢跳着晶莹的露珠。

我本该为你歌唱，
也真该对你羡慕；
或者去摘下那颗星星，
作为恭喜你的礼物。
然而，此刻，
我心壁爬满野藤的苦涩，
心田里长满荆丛的酸楚，
怎么也长不出那声"祝福"。

山菊花本该由我采撷，
也是那条弯曲的小路。
只因为错过了一个季节，
只因为没握紧那支桨橹，
人世间，
才少了一张美丽的画图。

© 民主与建设出版社，2022

图书在版编目（CIP）数据

山是青青花是红 / 张庆和著. -- 北京：民主与建
设出版社，2022.4
ISBN 978-7-5139-3969-0

Ⅰ.①山… Ⅱ.①张… Ⅲ.①诗集－中国－当代
Ⅳ.①I227

中国版本图书馆CIP数据核字（2022）第173922号

山是青青花是红
SHAN SHI QINGQING HUA SHI HONG

著　　者	张庆和
责任编辑	廖晓莹
封面设计	书香文雅
出版发行	民主与建设出版社有限责任公司
电　　话	（010）59417747　59419778
社　　址	北京市海淀区西三环中路10号望海楼E座7层
邮　　编	100142
印　　刷	三河市冠宏印刷装订有限公司
版　　次	2022年4月第1版
印　　次	2022年11月第1次印刷
开　　本	880mm × 1300mm　1/32
印　　张	11
字　　数	150千字
书　　号	ISBN 978-7-5139-3969-0
定　　价	59.80元

注：如有印、装质量问题，请与出版社联系。